Chwedlau o'r Gwledydd Celtaidd

Argraffiad cyntaf: Awst 1999
Ail argraffiad: Ionawr 2005
Ⓗ Hawlfraint Rhiannon Ifans a'r Lolfa Cyf., 1999

Darluniau: Margaret Jones
Dylunio: Olwen Fowler

Rhif Llyfr Rhyngwladol: 0 86243 458 0

Argraffwyd a chyhoeddwyd yng Nghymru gan Y Lolfa Cyf., Talybont, Ceredigion SY24 5AP;
e-bost ylolfa@ylolfa.co.uk
y we http://www.ylolfa.com
ffôn (01970) 832 304
ffacs 832 782
isdn 832 813

Cyhoeddir gyda chymorth ariannol Cyngor Celfyddydau Cymru

Chwedlau
o'r
Gwledydd Celtaidd

Rhiannon Ifans

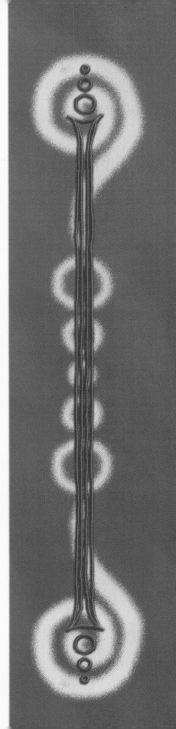

y Lolfa

Cyflwynedig i

Gwyddno, Seiriol ac Einion

Diolchiadau

Hoffwn gydnabod cymorth y diweddar Athro Emeritws J.E.Caerwyn Williams, yr Athro Emeritws

R.M.Jones, Mrs Rita Williams, a Dafydd Ifans wrth baratoi'r gyfrol hon. Diolch hefyd i Robat Gruffudd am

awgrymu'r fenter ac i Olygydd Cyffredinol gwasg Y Lolfa, Lefi Gruffudd, am ei gymorth a'i hynawsedd wrth

weld y gyfrol drwy'r wasg.

Cynnwys

tudalen

CYMRU
Cân Gwyddno — 7
Rhiain y Glasgoed — 13

IWERDDON
Dyffryn y bleiddiaid — 21
Sut y cafodd Cúchulainn ei enw — 27

LLYDAW
Y mynach bach a'r mynach mawr — 35
Enori, y plentyn trafferthus — 42

YR ALBAN
Yr hebog glas — 51
Tam Lin — 59

YNYS MANAW
Y taliad gwair — 67
Y pum pysgotwr — 73

CERNYW
Cewri Treen — 81
Ysbryd Stithians — 88

CYMRU

CÂN GWYDDNO

Ar ambell noson dywyll a'r gwynt yn hyrddio, os ewch chi byth am dro i Fae Ceredigion, mi welwch chi'r môr yn aflonydd a'r gwymon brown fel crafangau cimychiaid rhwng y tonnau. Ond ar gyda'r nos dawel braf mi welwch chi'r môr yn llonydd, y crancod yn hamddena ar ei lan, a'r gwymon mawr brown yn sgleinio'n ddiog yn yr haul — ac os sefwch chi'n llonydd, llonydd, efallai y clywch chi glychau yn canu dan y dŵr. Oherwydd, amser maith yn ôl, yr oedd gwlad o'r enw Maes Gwyddno lle mae Bae Ceredigion yn awr.

Ym mhalas y Brenin Gwyddno Garan Hir yr oedd ystafell enfawr, yn llawn cyrn yfed a phlatiau trwm o aur. Weithiau, byddent yn cael partïon gwyllt yn yr ystafell honno — canu a dawnsio a bwyta tan berfeddion mân y bore. Felly'n union y bu hi un noson oer yn y gaeaf. Roedd yr arfordir yn

llwm a thrist, a'r tywyllwch
wedi cau amdano. Ond nid
oedd angen map na siart na
chwmpawd ar neb y noson
honno, achos roedd pawb
yn swatio yn y tŷ wrth y tân,
neu'n mynd i'r parti mawr
yn llys Gwyddno. Pawb,
hynny yw, ac eithrio'r
gwylwyr.

Yn nheyrnas Gwyddno
Garan Hir yr oedd pobl wedi
eu dewis i wylio'r wal uchel

a oedd yn cadw'r môr rhag dod dros y tir. Eu gwaith hwy oedd cerdded ar hyd y wal i weld a oedd y môr yn gwneud tyllau ynddi. Os oedd, byddai'n rhaid iddynt drwsio'r tyllau, bob un. Os oedd perygl y byddai'r môr yn rhuthro drwyddynt a boddi'r wlad, yr oedd yn rhaid iddynt ganu cloch y tŵr i alw am help. Yna, byddai pobl Maes Gwyddno i gyd yn tyrru at y wal i wthio cerrig mawr a mân i'r tyllau nes bod y wlad yn ddiogel unwaith eto. Ond doedd hynny ddim yn digwydd yn aml.

Y noson hon, roedd y prif wyliwr yn brysur iawn. Seithenyn oedd ei enw, ac roedd wedi sylwi bod y gwynt yn codi pan oedd yr haul yn machlud. Erbyn i'r parti mawr ddechrau roedd y môr yn rhuo a'r gwynt yn berwi wyneb y don. Roedd y cerrynt yn taro'n erbyn y morglawdd, a'r ewyn yn tasgu i ben y wal, yn fferru wyneb Seithenyn. Ond âi ymlaen â'i waith yn hwyliog, yn gwylio ac yn edrych, edrych a gwylio. Cariai ffagl yn ei law i gael gwell golwg ar bethau. Na, doedd dim perygl o gwbl. Roedd popeth yn union fel y dylai fod.

Ond yn nannedd y storm roedd Seithenyn yn dechrau cyffio. Medd cynnes! Dyna'r ateb. Fe redai i'r llys a chael diferyn o fedd cynnes o'r gegin. Byddai cystal â dim. I ffwrdd ag ef i fyny'r llwybr at y plas. Prin y gallai symud gan nerth y gwynt. Roedd yn chwythu mor gryf, bu'n rhaid i Seithenyn daro'i gleddyf yn y ddaear a dal ei afael ynddo sawl gwaith,

neu byddai wedi cael ei chwythu o un pen y wlad i'r llall.

Wedi gwthio'i ffordd ymlaen yn araf drwy'r storm, aeth Seithenyn at ddrws trwm y gegin. Agorwyd y bolltau ac i mewn ag ef i wres y llys. Llithrodd y medd melyn yn foethus i lawr ei wddf. Ar ôl y trydydd gwydraid anghofiodd bopeth am y wal a'r môr a'r gwynt. Dim ond gwres a medd a mwg tân coed oedd ar ei feddwl.

Ond er cymaint oedd miri'r llys, roedd miri gwaeth i ddod. Yr andros! Pan oedd y gwynt ar ei uchaf, a'r môr ar ei fwyaf trystiog, byddai Seithenyn wedi medru gweld yng ngolau'r ffagl, petai i lawr wrth droed y wal, ffynnon fach o ddŵr heli yn treiglo rhwng dwy garreg. Fesul diferyn bach, yna fesul dau ddiferyn ar y tro, nes i'r dafnau droi'n ffrwd, deuai'r môr dros Faes Gwyddno yn araf ond yn benderfynol. Rhwygodd y gwynt gloch y tŵr oddi ar ei chadwyn, a bu'r tafod yn canu i'r tywyllwch, ond i ddim pwrpas. Chlywodd neb mohoni yng nghlydwch y llys, tu ôl i'r drysau trwm. Roedd y telynau wedi'u suo i gwsg, a'r medd wedi mynd i'w pennau. Roedd Seithenyn, y rhuglyn meddw, yn wirionach na neb.

Ac felly y chwythodd y gwynt y môr drwy'r tyllau yn y morglawdd. Felly y rhuthrodd y tonnau i fyny'r llwybr at ddrws trwm y gegin. Felly y chwipiwyd y dŵr heli drwy ffenestri'r llys ac o dan ei ddrysau, nes boddi pob copa walltog a phob copa moel yn y lle. Pawb ond un.

Pan welodd Gwyddno Garan Hir fod y môr yn llanw'r llys ac nad oedd gobaith iddo wneud mwy nag achub ei groen ei hun, rhedodd nerth ei draed i'r mynyddoedd. Yno, gellid ei glywed yn canu cân drist, drist, bob yn ail ag ochenaid hir, hir. Ac os byddwch chi'n sefyll yn agos i'r fan lle'r oedd Gwyddno y noson honno, fe'i clywch chi ef ar adain y gwynt hyd heddiw yn sibrwd ei gân yn y gwyll. Ond bydd yn rhaid i chi fod yn lwcus iawn i glywed y clychau'n canu o dan y dŵr.

RHIAIN Y GLASGOED

Yr oedd Einion ap Gwalchmai wedi priodi Angharad, merch Ednyfed Fychan, ac yr oedd y ddau yn byw yn hapus yn Nhrefeilyr ar Ynys Môn. Un bore braf, wrth i Einion fynd am dro drwy goed Trefeilyr, fe welodd ferch hardd iawn a syrthiodd dros ei ben a'i glustiau mewn cariad â hi. Cyn wired â'r pader, yr oedd hi'n anwylach gan Einion na channwyll ei lygad ei hun.

'Dydd da, 'mechan ddel i,' meddai Einion wrthi. Gwenodd hithau'n groesawus arno a chyn pen pum munud yr oeddynt yn gariadon. Ond pan edrychodd Einion ar ei throed, gwelodd mai carnau oedd ganddi, nid traed.

'Brenin y bratiau!' ebychodd yntau. Yna, gwylltiodd Einion yn gandryll, ond doedd waeth iddo heb. Yr oedd y ferch wedi taflu hud drosto. Byddai'n rhaid iddo ei dilyn i ble bynnag yr âi, bob dydd o'i oes. Ymbiliodd Einion arni i ganiatáu iddo fynd adref i ffarwelio ag Angharad ac â'i fab, Einion.

'Cei,' meddai Rhiain y Glasgoed, 'ond mae'n rhaid i mi gael dod hefyd. Fe wnaf fy hun yn anweledig. Dim ond ti fydd yn medru fy ngweld i.'

Felly y bu. I ffwrdd â'r ddau at Angharad a'r bachgen bach. Pan gyrhaeddodd y ddau y tŷ, roedd Angharad yn edrych fel hen wrach, ei gwallt am ben ei dannedd a'i hewinedd yn hir a budr. Meddyliodd Einion am yr hen amser, ac fel yr oedd yn caru Angharad nes roedd ei galon yn brifo. Ond yr oedd yr hud yn rhy gryf i Einion ac ni allai ymladd yn ei erbyn.

'Mae'n rhaid i mi fynd i ffwrdd am ychydig, Angharad, ac mae'n rhaid i mi dy adael dithau hefyd, Einion bach,' meddai wrthynt. Criodd y tri yn hidl, ond dan lygad barcud Rhiain y Glasgoed ni allai Einion newid dim ar y drefn. Torrodd Einion fodrwy aur yn ei hanner. Rhoddodd un hanner yn ei boced a rhoi'r hanner arall i Angharad.

'Da boch!' meddai'n drist. 'Gobeithio y daw'r ddau hanner yn un eto cyn bo hir!'

Dilynodd Riain y Glasgoed dros fynydd ac afon, dros draeth a thwyn, heb wybod i ble yr oedd yn mynd a heb gymryd diddordeb mewn dim yn y byd heblaw yr hanner modrwy aur yn ei boced. Un bore, pan oedd yr haul yn codi, edrychodd ar yr hanner modrwy a meddyliodd am Angharad, cannwyll ei lygad. I gael teimlo'n nes ati rhoddodd yr hanner modrwy ar gannwyll ei lygad ei hun a thynnu'r amrant drosto. Fel ergyd

o wn, carlamodd march gwyn fel eira mynydd ato, ac yr oedd dyn mewn gwisg wen fel lili'r Wyddfa yn ei farchogaeth.

'Beth wyt ti'n ei wneud?' meddai'r dyn yn y wisg wen pan welodd fod hanner modrwy yn llygad Einion.

'Hiraethu am Angharad, fy ngwraig, ac Einion, fy mhlentyn bach.'

'Hoffet ti eu gweld?'

'Yn fwy na dim yn y byd.'

'Dringa tu ôl imi ac fe awn ni i Drefeilyr.'

Pan edrychodd Einion o'i gwmpas nid oedd Rhiain y Glasgoed i'w gweld yn unman, dim ond ôl ei charnau cryf yn teithio i'r gogledd.

'Pam wyt ti mor drist?' gofynnodd y dyn dieithr i Einion. Dywedodd Einion ei hanes a'i helynt wrtho.

'Gafael yn y ffon wen hon ac fe gei di un dymuniad. Beth hoffet ti?' gofynnodd y dyn dieithr.

'Mae hiraeth mawr arna i am Angharad ond fe hoffwn i weld Rhiain y Glasgoed yn fwy,' meddai Einion, oherwydd yr oedd yn dal yn drwm dan hud yr ellylles honno.

Ar y gair gwelodd wrach anferth yn sefyll o'i flaen. Yr oedd poer yn diferu o'i dannedd du. Gan ei bod yn rhuo pesychu, ac yn rhincian ei hesgyrn main, nid oedd yn olygfa dlos. Yn wir, yr oedd hi gan mil hyllach

na'r peth hyllaf yn y byd. Sgrechiodd Einion, yr oedd arno gymaint o'i hofn. Lluchiodd y dyn dieithr ei wisg wen dros Einion ac felly y torrwyd yr hud. Pan ddaeth Einion ato'i hun yr oedd yn ôl gartref yn Nhrefeilyr yn ei dŷ ei hun. Ond nid oedd neb yno yn ei adnabod, ac nid oedd Einion yn adnabod neb yn Nhrefeilyr.

Dyma beth oedd wedi digwydd. Roedd yr ellylles wedi teithio'n gyflym i'r gogledd, sef i Drefeilyr ar Ynys Môn, at Angharad. Gan gymryd arni bod yn ddyn ifanc cyfoethog iawn, siaradodd ag Angharad yn annwyl a chariadus. Rhoddodd lythyr yn llaw Angharad yn dweud bod Einion wedi marw yn Llychlyn ers dros naw mlynedd. Yr oedd Angharad wedi hiraethu'n hir am Einion ond erbyn hyn yr oedd ei hiraeth wedi lliniaru ychydig. Syrthiodd dan hud y dyn ifanc golygus, a chytunodd i'w briodi.

Prynodd Angharad wisg briodas ddrud, a bwyd costus ar gyfer y wledd. Gwahoddodd bobl bwysig y wlad i ddod i'r briodas, a gofynnodd i'r cerddorion gorau ddod i ganu telynau yn y wledd. Pan welodd y dyn ifanc delyn Angharad ceisiodd ei chanu, ond ni allai neb yn Llys Trefeilyr ei thiwnio iddo.

Pan oedd pawb ar gychwyn i'r eglwys fe gyrhaeddodd Einion adref. Nid oedd Angharad yn ei adnabod. Dim ond hen ŵr llesg, carpiog, yn crynu gan oedran yr oedd hi'n ei weld.

'Wnei di ofalu am y cig tra ydyn ni yn yr eglwys, hen ŵr?'
gofynnodd Angharad iddo.

'Gwnaf,' meddai Einion, gan afael yn dynn yn ei ffon wen.

Pan ddaeth y parti priodas yn ôl o'r eglwys a'r delyn yn dal heb
ei thiwnio, cododd Einion at y dasg a llwyddo'n rhwydd. Canodd ar y
delyn un o hoff alawon Angharad. Synnodd Angharad yn fawr a gofyn
iddo pwy ydoedd.

'Einion ap Gwalchmai,' meddai a chanodd englynion iddi. Ond
yr oedd Angharad yn drwm dan hud ei gŵr newydd. Ni allai gofio dim.
Rhoddodd Einion y ffon wen yn llaw Angharad a'r eiliad honno gwelai
Angharad ei gŵr newydd yn anghenfil anferth, gyda phoer yn diferu o'i
ddannedd du. Rhwng hynny a'r pesychu a'r rhincian, llewygodd Angharad
gan ofn.

Edrychodd Einion ar ei hôl yn annwyl iawn.
Pan agorodd Angharad ei llygaid o'r diwedd nid
oedd neb yn Llys Trefeilyr ond hi ac Einion a'i mab,
ac yr oedd y delyn a'r tŷ a phopeth arall yn union
fel yr oedd yn yr hen amser. Yr oedd hyd yn oed
y fodrwy aur yn gyfan am ei bys unwaith eto.

IWERDDON

DYFFRYN Y
BLEIDDIAID

Yn Iwerddon, amser maith yn ôl, yr oedd pethau rhyfedd dros ben yn gallu digwydd. Yr oedd pobl yn diflannu heb achos, yr oedd adar yn canu drwy'r nos dywyll, a phan oedd pobman yn dawel, dawel gellid gweld angenfilod yn codi allan o rai o'r llynnoedd, weithiau. Od iawn. Nid oedd yn lle diogel o gwbl i fyw ynddo yn yr hen amser.

Un diwrnod yr oedd Caílte a Cas Corach yn siarad â'i gilydd am rai o'r pethau anffodus a oedd wedi digwydd iddynt hwy.

'O diar, diar, rydw i mewn helbul eto,' meddai Cas Corach, 'dros fy mhen a'm clustiau.'

'Mae Iwerddon yn lle rhyfedd ac ofnadwy y dyddiau hyn,' meddai Caílte, gan ysgwyd ei ben yn ofidus.

'Chredet ti ddim, ond mae rhywun yn fy erlid i,' meddai Cas Corach mewn llais bach. 'Maen nhw'n pigo arna i, ac fe ddyweda i'r hanes wrthyt ti.' Plygodd ymlaen i adrodd ei stori, a'i ddwylo cryf yn hongian yn llipa dros fraich ei gadair.

'Rwyt ti'n gwybod yn iawn am Ogof Cruacha, wrth gwrs. Wel, bob blwyddyn mae bleiddiaid yn dod allan o'r ogof honno ac yn lladd fy nefaid i gyd. Tair bleiddiast sy'n dod, rhai chwim ar eu traed, a chyn i mi gael hanner siawns i'w dal, maen nhw'n ôl yn yr ogof yn ddiogel. O, fe hoffwn i pe gallwn i gael gwared ar y cnafon.'

'Wyddost ti rywbeth amdanyn nhw? Fyddet ti'n eu nabod nhw taset ti'n eu gweld nhw eto?' gofynnodd Caílte.

'Gwybod rhywbeth amdanyn nhw? Gwn yn iawn. Merched Airitech ydyn nhw, ac ef oedd yr olaf o Gwmni'r Gofid. Mae ei ferched yr un fath ag ef yn union. Dim ond gofid a gefais i ganddyn nhw beth bynnag,' cwynodd Cas Corach. Yr oedd dwylo Cas Corach yn neidio ar fraich ei gadair erbyn hyn, yr oedd yn teimlo mor gas tuag at y bleiddiaid a oedd yn bwyta ei ddefaid.

'Mae'r merched yma'n troi eu hunain yn fleiddiaid ac yn dwyn, dwyn o hyd.' Yr oedd Cas Corach wedi gwylltio'n gacwn. 'Does ganddyn nhw ddim parch at neb o gwbl − wel, dim ond at un math.'

'A pha fath yw hwnnw, felly?' gofynnodd Caílte.

'Os gwelan nhw delynor neu liwtydd fe fydd popeth yn iawn, ond wnân nhw ddim mynd yn agos at neb arall.'

'I ble mae'r bleiddiaid hyn yn mynd liw dydd?'

'I ben Carn Bricre, fan hyn,' atebodd Cas Corach.

'Wel pam nad ei di yno fory i ganu dy delyn?' awgrymodd Caílte. Ac felly y bu.

Cododd Cas Corach yn gynnar bore drannoeth a mynd i ben Carn Bricre. Canodd ei delyn nes i gymylau'r nos gau amdano. Daeth y tair bleiddiast yn nes, nes ato, gorwedd i lawr o'i flaen, a gwrando ar ei gerddoriaeth. Ond ni

chafodd Cas Corach gyfle i ymosod arnynt ac ar derfyn y dydd cododd y tair a
dilyn llwybr gogleddol yn ôl i Ogof Cruacha. Dyna siom a gafodd Cas Corach.

Adroddodd yr hanes wrth Caílte. 'Dos yn ôl yno fory,' meddai Caílte wrtho.
'Dos â milwyr yn gwmni iti, a chuddia nhw ar y Garn. Pan ddaw'r
bleiddiaid, dywed wrth y tair y byddai'n well iddyn nhw wrando ar dy
gerddoriaeth yn ffurf merched nag yn ffurf bleiddiaid. Gobeithio'n wir y
byddan nhw'n troi'n ôl i siâp llancesau. Fe fydd yn haws eu lladd felly.'

Drannoeth ar las y dydd, aeth Cas Corach yn ôl i ben
Carn Bricre a gosod ei ddilynwyr yma ac acw i
guddio mewn twmpathau eithin a thu ôl i greigiau
mawr, dros y Garn i gyd. Aeth Caílte ei
hun yno hefyd. Cuddiodd
tu ôl i furddun a oedd

yn fwsog drosto. Tybed a ddeuai'r bleiddiaid yn ôl i wrando? Ust!

Dacw nhw'n dod! Y tair! Wedi gorwedd i lawr yn hamddenol yn sŵn y gerddoriaeth pwysodd pob un ei phen ar ei phawennau blaen i wrando. Mentrodd Cas Corach eu cyfarch.

'Os merched ieuainc hardd ydych chi mewn gwirionedd fe fyddech chi'n mwynhau'r caneuon hyn lawer yn well tasach chi ar ffurf merched,' meddai Cas Corach yn hudolus yn sŵn y delyn.

Pan glywsant hynny bu'r tair yn ystyried am gryn amser. Yn raddol bach dechreuasant dynnu eu crwyn hir, blewog, du oddi amdanynt a mwynhau'r caneuon lleddf, hud a lledrith yn well fyth. Pan oeddynt yn gorwedd ochr yn ochr, benelin wrth benelin, yn diogi yn sŵn y gân, cododd Caílte o blith y rhyfelwyr. Ar amrantiad gosododd bicell finiog ddisglair mewn catapwlt a'i lluchio â'i holl nerth. Hedfanodd hi'n chwimwth drwy groen y ferch agosaf ato, allan drwy ei hochr, i mewn i'r nesaf a'r drydedd hefyd nes i'r bicell aros, a'r tair ohonynt gyda'i gilydd yn gwingo ar y waell fel cig cibáb.

Aeth Cas Corach atynt a thorri'u pennau, fesul un, nes eu bod yn rowlio i lawr ochr y dyffryn ac ymhell, bell i ffwrdd, fyth i drafferthu Cas Corach na'i ddefaid eto. A dyna sut yr enwyd Dyffryn y Bleiddiaid, y dyffryn ar ochr ogleddol Carn Bricre yn Iwerddon, a dyna ei enw hyd y dydd hwn, hyd y gwn i.

SUT Y CAFODD CÚCHULAINN EI ENW

Yr oedd pedler yn byw yn Iwerddon amser maith yn ôl. Gweithiai'n galed yn mynd o le i le i werthu llond ei sgrepan o hyn a'r llall. Gwnâi'n siŵr fod ganddo rywbeth at ddant pawb – rubanau a chlipiau, crysau lliwgar a chrysau syber, pibau a blodau, hetiau a phegiau, cyllyll a mecryll, mwclis a marblis – POPETH!

Un diwrnod, penderfynodd fynd i'r rasys ceffylau i osod ei stondin. Roedd pawb yn Iwerddon yn hoffi rasio ceffylau a byddai'n siŵr o werthu ei stoc yn gyfan yno. Cyn bo hir byddai wedi gwneud ei ffortiwn.

Rhedai'r ceffylau fel y gwynt, rhai'n ddu, rhai'n wyn, a rhai'n mynd heibio iddo mewn fflach o liw llaeth a chwrw, a'u mwng a'u cynffon yn sefyll yn llif y gwynt.

'Welaist ti rywbeth cyflymach na'r ceffylau hyn erioed?' gofynnodd dyn dieithr i'r pedler. Nid atebodd y pedler ef.

'Welaist ti rywbeth cyflymach na'r ceffylau hyn erioed?' gofynnodd y dyn eto. Nid atebodd y pedler ef yr eildro chwaith.

'Os na wnei di ateb fy nghwestiwn i mewn hanner chwinciad chwannen, mi dorraf dy ben di i ffwrdd yn y fan a'r lle,' meddai'r dyn yn sarrug.

'Mi fedr fy ngwraig i redeg yn gyflymach na'r rhain,' meddai'r pedler. 'Mae dy geffylau di fel malwod o'u cymharu â'm gwraig i.'

'Y dyn digywilydd! Dos i nôl dy wraig ac fe gawn ni ras yma fory. Os na fydd hi'n curo fy ngheffylau i'n ulw, mi dorraf dy ben di!'

Nid oedd gwraig y pedler yn hapus iawn â'i gŵr y noson honno. Nid oedd hi'n teimlo gant y cant, a doedd ganddi fawr o awydd codi'i phac a rhedeg mewn ras geffylau. Dywedodd wrth y pedler ei bod yn sâl ac na fedrai redeg cam o'r fan.

'Cystal iti fy ngwenwyno'r funud hon felly,' meddai'r pedler. 'Byddaf yn fy medd cyn nos yfory p'run bynnag.'

Trugarhaodd gwraig y pedler wrtho, ac ar ôl rhoi pryd o dafod iddo am fod mor fyrbwyll, aeth i'w gwely a chysgodd drwy'r nos. Cododd cyn y wawr a mynd ar ei hunion i'r cae rasio.

'Tair ras,' meddai'r dyfarnwr. 'Y gorau o dair.'

Safai ceffylau mawr cryfion wrth y llinell gychwyn, pob un yn barod i garlamu dros y tywyrch i gael bod y cyntaf i wthio'i weflau dros y llinell derfyn. Ond pwy enillodd? Gwraig y pedler a enillodd y ras gyntaf. Hwrê! Gwraig y pedler a enillodd yr ail ras hefyd. Hwrê! Hwrê! Hi oedd y pencampwr o ddigon. Cadwodd y pedler ei ben, a chadwodd ei wraig y cwpan aur. Ond fe gafodd hi rywbeth heblaw cwpan aur. Yn syth ar ôl y ras, fe anwyd mab bach iddi. Doedd hi ddim yn hapus iawn gyda hynny, ac fe'i gwerthodd i ŵr bonheddig a oedd yn sefyll gerllaw.

'Dyma ddiwrnod lwcus – cwpan aur a llond fy nwylo o arian,' meddai gwraig y pedler.

Tyfodd y plentyn yn gryf ac yn iach ac yr oedd wrth ei fodd gyda chwaraeon o bob math: rhedeg, neidio, saethyddiaeth, a hen gêmau Iwerddon i gyd. Un diwrnod curodd ei frodyr am chwarae cnapan. Yr oedd y ddau frawd o'u co yn lân.

'Does gen ti ddim hawl i'n curo ni! Dim ond mab i bedler wyt ti, wedi cael dy eni yn y rasys!'

Wyddai'r bachgen ddim byd am hynny ac nid oedd y tad gartref iddo gael gofyn iddo, felly fe redodd ar ffrwst heb na het na chap, nac esgid na hosan, nes cyrraedd y tad. Yr oedd y tad yn ymweld â ffrind, ac yr oedd gan y ffrind gi a fyddai'n lladd unrhyw un a ddôi i'r fferm heb ganiatâd. Pan ruthrodd y bachgen at lidiart y fferm rhoddodd ei law ar y cilbost a neidio drosto. Rhuthrodd y ci am ei sawdl gan feddwl ei ladd yn gelain, ond rhoddodd y bachgen slap i'r ci â chefn ei law nes torri ei wddf.

'Ai ti yw fy nhad i?' gofynnodd i'r gŵr bonheddig.

'Nage. Mab i bedler wyt ti,' meddai'r gŵr bonheddig.

'Ond paid â gadael i dy frodyr dy wawdio di am hynny,' meddai'r ffrind. 'Rwyt ti'n well mab na'r lleill. Ond rwyt ti wedi achosi colled fawr i mi heddiw, 'run fath. Rwyt ti wedi lladd fy nghi i. Dyna'r ci amddiffyn gorau yn y byd. Bydd yn rhaid iti aros yma nes bydd cenawon y ci yn dod yn ddigon hen i warchod fy fferm yn ei le. Tan hynny, dy waith di fydd cadw golwg ar bob twll a chornel o'r tir.'

'Beth yw dy enw di?' gofynnodd y bachgen i berchennog y ci.

'Culann.'

'Mae'n ddrwg gen i achosi niwed i dy gi gorau di. Fe arhosaf i gyda thi, Culann, am flwyddyn gyfan i warchod y lle yma a chym'ra i yr un ddimai goch o gyflog am wneud hynny.'

A dyna sut y galwyd y bachgen yn Cú Chulainn (Ci Culann) am iddo ladd ci Culann a gwarchod y fferm yn ei le.

LLYDAW

Y MYNACH BACH A'R MYNACH MAWR

Yr oedd tref yn Llydaw o'r enw Bear, ac amser maith yn ôl roedd abaty yn y dref honno gydag un mynach bach yn byw yno ac un mynach mawr. Roedd y mynach bach yn fynach bach iawn, a bach iawn o gyfoeth oedd ganddo – dim ond un cae ac un bustach. Roedd y mynach mawr, ar y llaw arall, yn fynach mawr iawn, ac yr oedd yn fawr ei gyfoeth hefyd – roedd caeau mawr iawn ganddo, ac yr oedd ganddo lawer iawn o fustych mawr i'w pori. Ond yr oedd gan y mynach bach feddwl mawr, a chan y mynach mawr feddwl bach.

Amser brecwast un bore, dywedodd y mynach mawr wrth y mynach bach fod y cig yn brin. 'Does dim i'w wneud ond lladd bustach,' meddai'r mynach mawr.

Penderfynwyd agor pob llidiart a lladd y bustach cyntaf a ddeuai

allan drwy'r clwydi. Doedd dim llawer o borfa yn y cae lle
roedd bustach y mynach bach. Gwelodd y bustach ei gyfle
i ddianc i borfeydd brasach, ac felly bustach y mynach
bach a ddaeth allan o'i gae gyntaf. Lladdwyd ef a'i flingo;
rhostiwyd ef a'i fwyta.

'Rwy'n mynd i Pontrew fory i werthu croen
fy mustach,' meddai'r mynach bach. Cychwynnodd tua
hanner nos, yn llawer rhy gynnar, ac wrth gwrs fe ddaeth
tua phen ei daith yn andros o gynnar hefyd. Eisteddodd
ym môn y clawdd i gael smôc. Toc, clywodd sŵn
brygawthan yn y cae. Cododd ei ben i sbecian.
Lladron oedd yno'n ffraeo dros yr ysbail.

'Paid â checru a chynhenna,' meddai un wrth
y llall, 'neu fe ddaw'r Diafol i dy ddwyn di.'

Rhoddodd hynny syniad ym mhen y mynach bach.
Aeth i mewn i groen y bustach, sythu'r cyrn, a neidio i
ben y clawdd gyda sgrech annaearol. Cythrodd y lladron i
bedwar ban byd yn eu hofn ac ni welwyd mohonyn nhw
fyth wedyn. Cipiodd y mynach bach bob darn o'u hysbail,
a'i gyfrif yno yng ngolau'r lleuad. Can *skoed!* Ffortiwn!

Ond yr arswyd fawr, yr oedd yn hen bryd iddo fynd ymlaen ar ei daith i Pontrew. Yno, gwerthodd groen ei fustach am ddau ddarn *skoed*. Gwthiodd ei ddwylo'n ddwfn i'w boced. Yr oedd yn ddyn hapus.

Pan gyrhaeddodd y mynach bach yn ôl i'r abaty gyda'i stori, rhyfeddodd y mynach mawr. Cant a dau *skoed* am un croen bustach! Anhygoel. Lladdodd y mynach mawr ei fustych i gyd, rhoi'r crwyn mewn trol, a'u gwthio bob cam i Pontrew. Daeth crwynwyr o Gwengamp a phobman i'w gweld.

'Faint yr un yw'r rhain?' gofynnodd y crwynwyr.

'Can *skoed*, a dau ar ben hynny i'r gwas,' meddai'r mynach mawr.

'Paid â siarad lol!' meddai'r crwynwyr gan chwerthin am ei ben a cherdded i ffwrdd.

Gwelodd y mynach mawr ei dwpdra. Aeth yn syth i'r abaty i ddweud y drefn wrth y mynach bach.

'Hen dro,' meddai hwnnw, 'ond mae digon o gig yma rŵan am sbel!'

Ymhen amser, bu farw mam y mynach bach. Un o Pontrew oedd hi, ac felly rhoddodd y mynach bach hi ar gefn ei geffyl dall i fynd â hi i'w chladdu yn Pontrew. Yr oedd ei fam yn drwm a'r ceffyl yn ddall a'r ffordd yn hir. Arhosodd y mynach bach ym môn y clawdd i gael smôc. Gerllaw iddo gallai weld gellyg melyn braf yn tyfu mewn gardd fawr daclus.

Rhoddodd hynny syniad ym mhen y mynach bach. Aeth â'i fam i'r ardd a'i rhoi i sefyll o dan y goeden gyda pheren yn ei llaw. Neidiodd y mynach bach i ben clawdd yr ardd gyda sgrech annaearol: 'Lleidr!'

Rhuthrodd gŵr y tŷ allan a saethodd yr hen wraig yn ei thalcen.

'Mwrdwr! Mwrdwr!' gwaeddodd y mynach bach o ben y clawdd. 'Rwyt ti wedi mwrdro fy mam!'

'Taw wir,' meddai gŵr y tŷ. 'Mi rof faint a fynni di o arian iti, dim ond iti beidio â dweud wrth neb. Paid â nôl y plismyn!'

'Saith can *skoed*,' meddai'r mynach bach.

'Bargen!'

Aeth y mynach bach yn ei flaen tua Pontrew. Gollyngodd ei afael ar afwynau'r ceffyl am sbel, a chan fod hwnnw'n ddall sathrai bopeth oedd o'i flaen. Gwaeddai'r dorf ar yr hen wraig i gadw gwell trefn ar ei cheffyl, ond doedd hi ddim yn gwrando arnynt! Gwylltiodd un dyn a'i tharo ar ei phen. Syrthiodd yr hen wraig i'r llawr.

'Mwrdwr! Mwrdwr!' gwaeddodd y mynach bach o ben y ffordd. 'Rwyt ti wedi mwrdro fy mam!'

'Taw wir,' meddai'r dyn. 'Mi rof faint a fynni di o arian iti, dim ond iti beidio â dweud wrth neb. Paid â nôl y plismyn!'

'Tair mil *skoed*,' meddai'r mynach bach.

'Byth.'

'Mil *skoed.*'

'Bargen!'

Claddwyd yr hen wraig ym mynwent Pontrew, ac aeth y mynach bach adref i'r abaty. Os oedd y mynach mawr yn rhyfeddu o'r blaen, yr oedd ei lygaid fel soseri yn awr. Mil *skoed!* Lladdodd ei fam ar unwaith a mynd â hi i Pontrew a'i gosod yn erbyn maen hir yn y farchnad. Digwyddodd un o'r dynion busnes yno sylwi bod marc ar ei gwddf. Roedd rhywun wedi'i gwaedu.

'Mwrdwr! Mwrdwr!' gwaeddodd y dyn busnes. Aeth un i nôl y plismon a'r llall i nôl y barnwr a diwedd yr helynt i gyd oedd i'r mynach mawr fynd i'r carchar.

Yna daeth y mynach bach i fod yn fynach mawr yn Abaty Bear.

ENORI

Y PLENTYN TRAFFERTHUS

Un tro roedd brenin yn ninas Iz a chanddo ferch hardd iawn o'r enw
Enori. Yr oedd mam Enori wedi marw ac fe hoffai Enori i'w thad ailbriodi.
Fe benderfynodd y brenin briodi Fantig, ond yr oedd un amod i'r briodas:
'Wna i mo dy briodi di nes y byddi di wedi lladd Enori,' meddai Fantig.
Y drwg oedd fod Fantig yn ofni y byddai Enori yn priodi tywysog hardd
ac yn etifeddu'r wlad yn ei lle hi, Fantig.

Bu'r brenin yn pendroni'n hir. O'r diwedd, fe anfonodd Enori i
leiandy, ymhell i ffwrdd o ddinas Iz. Yna, lladdodd gi ac anfonodd galon y
ci ar blât at Fantig a dweud wrthi mai calon Enori oedd hi. Credodd Fantig
y brenin, a dathlwyd y briodas ar unwaith.

Drws nesaf i Lydaw, yn Ffrainc, yr oedd brenin a chanddo bedwar mab. Aeth pob un o'r pedwar mab i ffwrdd am flwyddyn ar antur. Pan ddaethant at ei gilydd eto gofynnodd y naill i'r llall ar ba antur yr oedd pob un wedi bod, a beth oeddynt wedi'i ddysgu.

'Fe ddysgais i saethu â'm bys,' meddai'r mab hynaf, 'a rŵan rwy'n medru lladd popeth o forgrugyn i gawr.'

'Mae gen i ffidil,' meddai'r ail, 'sy'n gwneud i bawb ddawnsio. Ac mi fedraf atgyfodi'r meirw dim ond wrth ganu'r ffidil hon.'

'Mi fedra i ddringo'n uchel, uchel a mynd i lawr i'r lleoedd isaf yn y byd,' meddai'r trydydd mab.

'Rwy'n gallu cario'r beichiau trymaf yn y byd yn hollol ddidrafferth,' meddai'r brawd bach.

'Ardderchog!' meddai'r brawd hynaf. 'Beth am i ni fynd ar antur gyda'n gilydd? Fyddwn ni ddim ofn dim byd.'

Ac felly y bu. Cyn hir daethant at gastell uchel. Dringodd un i ben y wal a gweld tywysoges hardd wedi ei charcharu gan sarff dew, hyll. Saethodd brawd arall y sarff dew yn farw â'i fys. Cafodd y dywysoges y fath fraw, fe syrthiodd yn farw ac yna daeth brawd arall eto i'w dadebru gyda'i ffidil a pheri ei bod yn codi a dawnsio. Yr oedd pob un o'r pedwar brawd eisiau priodi'r dywysoges hardd.

'Ewch â fi adref i balas Brenin
Napoli,' meddai'r dywysoges. 'Fe gaiff
ef ddweud pwy sy'n cael fy mhriodi.'

'Fe wna i dy gario di adref,' meddai'r
brawd bach, 'ti a dy holl drysorau.'

Penderfynodd Brenin Napoli mai'r
cerddor oedd yn haeddu'r dywysoges am
iddo ei hatgyfodi o farw, ac felly priodwyd
y ddau. Ar ôl y briodas aeth y tri brawd
ymlaen ar eu taith.

Ni wyddai Brenin Ffrainc ddim
am hyn, wrth gwrs, ac yr oedd yn dechrau
colli amynedd â'i bedwar mab a oedd yn
crwydro'r byd yn rhywle na wyddai ef ble.
Gwylltiodd o'r diwedd, a'u rhoi i Kolevran
y Cawr. Fu hwnnw fawr o dro yn dod o
hyd i dri ohonynt a'u taflu dan glo yn seler
ei gastell o dan y ddaear. Taflodd bren wedi
crino i ganol y buarth ac meddai, 'Pan fydd
dail ar y boncyff marw yma, fe gewch

chi'ch tri fynd yn rhydd. Ha! Ha! Ha!'

Ydych chi'n dal i gofio am Enori? Wel ar siawns, rhyw ddiwrnod, fe ddaeth Fantig o hyd iddi yn y lleiandy a'i gwahodd i ddod i fyw ym mhalas dinas Iz unwaith eto. Doedd Fantig ddim yn teimlo dim cariad at y ferch, cofiwch – meddwl y gallai ei lladd yr oedd. Aeth â hi am dro un gyda'r nos braf heibio i gastell Kolevran y Cawr, ac aeth â Yannig, y gwas bach, hefo nhw. Pan oeddynt yn ymyl twll dwfn wrth ochr y castell, meddai Fantig, 'O dyna dlws! Dewch yma i weld!'

Rhedodd Yannig ac Enori ymlaen i weld beth oedd yno a dyma Fantig yn gwthio Enori i lawr y twll – at feibion Brenin Ffrainc! Siarsiodd y frenhines Yannig y byddai'n cael ei ladd pe dywedai air o'i ben am yr hyn a ddigwyddodd.

Bob dydd âi Yannig â bara gwyn a chig i'r pedwar carcharor. Ond un bore fe ddaliodd y frenhines ef wrth ei dasg a chafodd grasfa iawn ganddi. Aeth y frenhines at ddewines i weld sut y câi wared ar Enori.

'Dos â'r crys yma iddi,' meddai'r ddewines. 'Bydd y crys yma yn ei rhewi hi'n gorff, a wnaiff hi byth ddod yn fyw eto.'

Draw â'r frenhines at gastell Kolevran y Cawr, a rhoi'r crys glân yn anrheg i Enori. Ar unwaith aeth Enori'n oer fel carreg a rhewi'n golofn. Syrthiodd yn erbyn y wal ac yno y bu fel delw nes i'r tri brawd benderfynu

ei rhoi mewn cist a'i hwylio i ffwrdd dros y môr. Efallai y dôi rhywun o hyd iddi a'i chladdu mewn man tlws, tlws.

Pan gododd mab Brenin Sbaen un bore a gweld cist ar y traeth, ni wyddai beth i'w feddwl. Agorodd y gist a phan welodd y ferch harddaf a welodd erioed yn gorwedd o flaen ei lygaid, wylodd. Aeth i nôl ei chwiorydd, a dechrau paratoi i gladdu'r ferch yno ar y traeth.

Wrth roi crys glân amdani yn lle'r un oedd wedi gwlychu yn nŵr y môr, fe symudodd y ferch y mymryn lleiaf. Cusanodd y tywysog hi, ac agorodd Enori ei llygaid. Yr oedd pawb wedi dotio, a'r tywysog yn fwy na neb. Mynnodd y bore hwnnw ar y traeth y byddai'n ei phriodi.

Gwahoddwyd tad Enori, wrth gwrs, a'i llysfam. Ond roedd Fantig dwyllodrus wedi dod ag eli gyda hi i'r briodas, eli a fyddai'n troi Enori yn aderyn bach glas a oedd â'r gallu i lasu popeth o'i amgylch. Taenodd yr eli ar ffrog briodas Enori, ac fe hedfanodd Enori allan drwy'r ffenest. Hedfanodd yr holl ffordd i gastell Kolevran y Cawr, a sefyll ar y boncyff nes ei fod yn glasu ac yn ddail drosto! Cydiodd un o'r tri brawd yn yr aderyn a phan drodd yr aderyn yn ferch – Enori! – ni allai gredu'i lygaid. Chwarddodd pawb nes eu bod yn crio.

Ac yna, wrth gwrs, aeth y pedwar yn ôl i ddathlu'r briodas a byw yn hapus am byth wedyn!

Yr Alban

YR HEBOG GLAS

Yn yr hen ddyddiau roedd heliwr ifanc o'r enw Mac Iain Direach yn byw ar Ynysoedd Heledd. Doedd dim a hoffai'n well na mynd allan i hela ceirw, a phob dydd fe saethai lond ei sach a dod â nhw yn ôl i'r palas at ei dad. Ond un diwrnod fe newidiodd ei lwc. Yr oedd yn hwyr y dydd a'i sach yn dal yn wag. Edrychodd draw ymhell a beth a welai ond hebog glas. Rhoddodd saeth yn ei fwa a tharo'r hebog yn ei adain, ond dim ond un bluen las a syrthiodd i'r llawr. Tarodd hi yn ei wregys a mynd â hi adref yn anrheg i'w lysfam.

Gwyddai ei lysfam yn iawn mai aderyn hud oedd yr hebog glas, a gorchmynnodd i Mac Iain Direach fynd i'w hela gyda llygaid chwim nes ei gael. 'A phaid â rhoi blaen dy droed yn y palas yma nes bydd yr hebog glas yn ddiogel yn dy sach.'

Drannoeth, er iddo ddringo'r llethrau fel gafr, ni welai Mac Iain Direach mo'r hebog glas yn unman. Wrth iddi nosi a gwrid yr haul yn taro copaon y mynydd, eisteddodd yn y grug cynnes i feddwl beth i'w wneud nesaf. Wrth i'r gwyll gau amdano, gwelodd Gillie Mairtean, y cadno coch.

'Rwyt ti allan yn hwyr heno,' meddai Gillie Mairtean. Cafodd hwnnw'r hanes i gyd. 'Paid â phoeni,' meddai'r cadno, 'rwy'n gwybod ble mae'r hebog yn byw. Y Cawr gyda Phum Pen, Pum Gwddf a Phum Crwb biau'r hebog glas. Dos i weithio iddo, a phan yw'r amser yn addas, tria ddwyn yr hebog. Ond gofala beidio â gadael i un darn ohono gyffwrdd â dim yn y tŷ. Os digwydd hynny, fydd pethau ddim yn dda. Ond am y tro tyrd i rannu troed a boch y ddafad yma hefo fi i swper.'

Bore drannoeth aeth y ddau tua chartref y Cawr gyda Phum Pen, Pum Gwddf a Phum Crwb, a chynigiodd Mac Iain Direach weithio iddo fel gwas yr heliwr. 'Rwy'n gallu trin cŵn hela a hebogiaid yn well na neb,' meddai.

'Penigamp!' gwaeddodd y cawr. 'Tyrd i mewn.'

Aeth popeth yn hwylus ddigon. Un bore dywedodd y cawr ei fod am fynd i weld ei frawd yr ochr draw i'r mynydd. Dyma'i gyfle! Cipiodd Mac Iain Direach yr hebog ac agor y drws cefn i ddianc. Lledodd yr hebog glas ei adenydd wrth weld yr haul, a chyffyrddodd un blaen aden â phostyn y drws. Sgrechiodd y postyn mor uchel, fe glywodd y cawr y sŵn. Roedd ar ben ar Mac Iain Direach yn awr. Cyn pen dim yr oedd y Cawr gyda Phum Pen, Pum Gwddf a Phum Crwb yn ei ôl.

'Lleidr! Roeddet ti'n mynd i ddwyn fy hebog i!'

'Oeddwn,' meddai Mac Iain Direach. 'Mae'n ddrwg iawn gen i am hynny,

ond chaf fi ddim mynd adref nes
cael yr hebog glas yn anrheg i fy llysfam.'

Disgwyliai Mac Iain Direach bob
eiliad i'r cawr ei daro ar ei ben gyda'i
ddwrn nes bod ei draed yn mynd
drwy'r llawr. Ond na.

'Mi gei di'r hebog os doi di
â Chleddyf Gwyn y Goleuni i mi.
Merched Mawr ynys Jura biau'r cleddyf
rŵan,' meddai'r cawr.

Cerddodd Mac Iain Direach
drwy'r dydd yn chwilio am y Merched
Mawr ond ni ddaeth o hyd iddynt.
Eisteddodd ar y grug cynnes wrth i'r
haul fachlud.

'Rwyt ti allan yn hwyr heno eto,' meddai llais yn ei ymyl – Gillie Mairtean, y cadno coch. Dywedodd Mac Iain Direach yr hanes i gyd wrtho.

'Mi wn i ble maen nhw'n byw. Paid â phoeni,' meddai'r cadno.

Bore drannoeth trodd y cadno ei hun yn gwch ac i ffwrdd â hwy i gartref y Merched Mawr. Cynigiodd Mac Iain Direach ei hun yn was iddynt ac yno y bu yn rhwbio'r dodrefn a sgubo'r llawr nes bod popeth yn sgleinio. A do, fe gafodd lanhau Cleddyf Gwyn y Goleuni. Dyma'i gyfle! Rhoddodd ef ar ei ysgwydd a dianc trwy'r drws cefn. Ond cydiodd blaen y llafn yn lintel y drws, ac fe sgrechiodd honno dros y wlad.

'Lleidr! Roeddet ti'n mynd i ddwyn ein cleddyf ni!'

'Oeddwn,' meddai Mac Iain Direach. 'Mae'n ddrwg iawn gen i am hynny ond chaf fi ddim mynd adref nes cael y cleddyf i'r cawr, a'r hebog i fy llysfam.'

Disgwyliai Mac Iain Direach i'r Merched Mawr roi llafn y cleddyf drwy ei galon. Ond na.

'Mi gei di'r cleddyf os doi di ag Eboles Felen Brenin Iwerddon i ni,' meddai'r Merched Mawr.

Cerddodd Mac Iain Direach drwy'r dydd ond nid oedd hanner ffordd i Iwerddon. Wedi ymlâdd, eisteddodd yn y grug cynnes. Pwy ddaeth heibio ond Gillie Mairtean a'i gyngor doeth, ac yn y bore, trodd ei hun yn gwch ac yr oeddynt yn Iwerddon cyn cinio.

Cafodd Mac Iain Direach waith yn stablau Brenin Iwerddon gyda'r eboles ryfeddol. Un bore aeth y brenin i ffwrdd i hela. Dyma'i gyfle! Cyfrwyodd yr eboles ac agor drws y stabl. Wrth weld y wlad mor hardd gweryrodd yr Eboles Felen yn hapus a chodi'i chynffon tua'r nen – a dim ond cipio postyn y drws â blaen blewyn. Sgrechiodd y postyn ar dop ei lais a dychwelodd y brenin o'r helfa mewn eiliad.

'Lleidr! Roeddet ti'n mynd i ddwyn fy Eboles Felen i!'

'Oeddwn,' meddai Mac Iain Direach. 'Mae'n ddrwg iawn gen i am hynny ond chaf fi ddim mynd adref nes cael yr Eboles Felen i'r Merched Mawr, a'r cleddyf i'r cawr, a'r hebog i fy llysfam.'

Disgwyliai Mac Iain Direach i'r brenin ei grogi. Ond na.

'Mi gei di'r Eboles Felen os caf fi briodi merch Brenin Ffrainc,' meddai Brenin Iwerddon.

Cerddodd Mac Iain Direach tan nos ond ni chyrhaeddodd chwarter ffordd i Ffrainc. Eisteddodd i drin ei draed yn y grug cynnes. O'r diwedd daeth Gillie Mairtean ac addo ei helpu draw i Ffrainc.

Wedi cael ei draed ar ddaear Ffrainc anfonodd Gillie Mairtean yr heliwr i blas y brenin i ddweud wrtho fod llong wedi ei dryllio ar y traeth. Daeth y brenin a'i wraig a'i ferch i weld y llongddrylliad, a dyna lle'r oedd

Gillie Mairtean ar ffurf llong druenus.

'Dyna alawon tlws sy'n cael eu canu ar y llong yna,' meddai'r dywysoges. 'Gaf fi fynd ar y dec i'w clywed yn well?'

Wrth iddi hi a Mac Iain Direach gerdded y dec llithrodd y llong allan yn ddistaw i'r môr mawr a chyn bo hir yr oeddynt ymhell o olwg tir.

'Mae'n ddrwg gen i,' meddai Mac Iain Direach, 'ond rwy'n mynd â thi draw i Iwerddon i fod yn wraig i'r brenin.'

'Byddai'n well gen i dy briodi di,' meddai'r dywysoges. Dyna oedd ym meddwl yr heliwr hefyd ond ni allai fentro dweud dim.

Wedi glanio yn Iwerddon, rhoddodd Gillie Mairtean orchymyn i'r dywysoges aros ar lan y môr nes y deuai ef a Mac Iain Direach yn ôl. Trodd Gillie Mairtean ei hun yn ferch hardd a cherdded yng nghwmni ei ffrind i balas y brenin.

Yr oedd Brenin Iwerddon wedi dotio at y ferch a diolchodd yn arw i Mac Iain Direach am ei waith caled. Rhoddodd ffrwyn yr Eboles Felen yn ei law, a throdd yr heliwr ei phen tua'r traeth. Mewn fflach trodd Gillie Mairtean yn ôl yn gadno coch, brathodd y brenin a dianc am y traeth lle y trodd yn gwch a chario Mac Iain Direach, merch Brenin Ffrainc a'r Eboles Felen dros y môr at y Merched Mawr ar ynys Jura.

Trodd Gillie Mairtean ei hun yn eboles ac yr oedd y Merched Mawr wrth eu boddau gydag ef. Cafodd Mac Iain Direach Gleddyf Gwyn y Goleuni o'u dwylo yn ddiffwdan. Dringodd pob un o'r Merched Mawr ar gefn Gillie Mairtean i fynd am reid, ac fe'i taflodd ef nhw ill saith dros y dibyn.

Ymlaen â'r tri at y Cawr gyda Phum Pen, Pum Gwddf a Phum Crwb. Trodd Gillie Mairtean ei hun yn gleddyf siarp. Daeth y cawr â'r hebog glas iddo yn gyfnewid am y cleddyf ond trodd Gillie Mairtean y cleddyf ar y cawr a'i ladd.

Yr oedd gan Mac Iain Direach yn awr gariad, eboles, cleddyf a hebog. Wrth fynd yn nes adref daliodd y cleddyf rhwng ei lygaid rhag i'w lysfam chwarae triciau hud arno, a dyna a'i cadwodd yn ddiogel rhagddi. Trowyd y llysfam yn fwndel o goed tân a dyna fu ei diwedd hi.

Wrth gwrs, fe briododd Mac Iain Direach ferch Brenin Ffrainc a byw, do, yn hapus.

 TAM LIN

Un hydref braf, a'r dail ar y coed ffawydd mor felyn gallech feddwl bod rhywun wedi cynnau lampau yn y dyffryn, sleifiodd merch o gastell ei thad a rhedeg yr holl ffordd i Caterhaugh. Yno yr oedd ffynnon o ddŵr oer, oer a oedd yn eiddo i'r tylwyth teg.

Fel yr oedd y ferch ar fin plygu wrth y ffynnon fe syrthiodd cysgod drosti, a dyna lle'r oedd ceffyl mawr gwyn gyda chyfrwy aur arno, lle nad oedd ceffyl na chyfrwy eiliad ynghynt. Yr oedd y ferch yn crynu a'i chalon yn curo, ond ddywedodd hi ddim ei bod wedi dychryn. Yn hytrach, cipiodd rosyn o'r llwyn yn ei hymyl ac wrth iddi droi ar ei sawdl i redeg yn ôl at ei thad, ymddangosodd o'i blaen ŵr ifanc wedi'i wisgo mewn dillad o aur a gwyrdd, lle nad oedd dyn na dillad eiliad ynghynt.

'Fi biau'r rhosyn yna, Janet,' meddai'r dyn ifanc.

'Ti'n gwybod fy enw i!' meddai Janet. 'Beth yw dy enw di?'

'Tam Lin.'

Pan wenodd Tam Lin fe anghofiodd Janet bopeth ei bod wedi dychryn. Ar ddiwrnod mor siriol a'r haul mor uchel yn yr awyr doedd dim un gofid

yn bod. Arhosodd y ddau wrth y ffynnon a'r llwyni rhosod
nes iddi nosi, yn siarad a dal dwylo, fel y bydd cariadon newydd.
O'r diwedd, cerddodd Janet adref yn araf a breuddwydiol, a'i
llygaid yn loyw fel sêr a'i chalon yn curo'n gynnes.

Pan gyrhaeddodd adref, roedd yr iarll, ei thad, yn anniddig.

'Mae'n bryd iti briodi yn lle crwydro'r wlad drwy'r dydd
fel hyn,' meddai.

Y TALIAD GWAIR

Ar Ynys Manaw neu'r Eil o Man, amser maith yn ôl, yr oedd llywodraethwr a oedd hefyd yn ddewin. Ei enw oedd Manannán.

Yr oedd Manannán yn byw mewn castell ar ben Mynydd Barule. O ffenestr ei lofft gallai weld ymhell allan i'r môr i bob cyfeiriad. Gallai weld i lawr i'r traeth lle cadwai ei gwrwgl hud, Dysgub-y-don, a gallai weld ei geffyl a oedd yn medru carlamu dros y tonnau, hyd yn oed pan oedd y môr ar ei wylltaf. Nid dyna'r cwbl. Yr oedd gan Manannán hefyd fantell a helmed anghyffredin iawn. Dim ond iddo eu gwisgo, ni allech weld na blaen ei drwyn na blaen ei droed. Byddai'n gwbl anweledig. Pan fyddai am ruthro o un pen i'r Eil o Man i'r llall, byddai'n ei droi ei hun ar ffurf arfbais Ynys Manaw, sef tair coes yn ffurfio olwyn, ac wedyn byddai'n rowlio'n chwim i lawr Mynydd Barule ac ymlaen ar ei daith o gwmpas ei bobl.

Unwaith y flwyddyn yr oedd yn rhaid i bobl Ynys Manaw dalu rhent i Manannán. Yr oedd yn rhaid i bob penteulu gerdded i'r castell ar ben y mynydd i dalu un ysgub o'r gwair gorau a oedd ar ei fferm i Manannán.

Dim ond un ysgub oedd y rhent am mai dim ond ffermydd bach a oedd ar Ynys Manaw, a'r ffermwyr yno i gyd yn dlawd.

Gwnaeth haf gwael iawn un flwyddyn. Prin y daeth yr haul allan o gwbl, a rhwng y niwl a oedd yn crynhoi o gwmpas glannau'r ynys, a'r glaw ar ben Mynydd Barule, nid oedd fawr o lewyrch ar y cynhaeaf y flwyddyn honno. Hen wair sâl a oedd gan bawb. Ond, er hynny, yr oedd yn rhaid rhoi sypyn gorau'r cnwd i Manannán.

Un o ffermwyr bach Ynys Manaw oedd Finn Cregeen. Dyn hir ei dafod oedd Finn Cregeen, yn hoffi hel straeon am bawb a phopeth. Yn fwy na dim fe hoffai duchan a grwgnach, achwyn a cheintach, nes bod ei dafod yn sych grimp, a hyd yn oed wedyn yr oedd ganddo ddigon i'w ddweud.

Nid oedd Finn Cregeen yn hoffi gwaith caled. Nid oedd yn hoffi lladd gwair; nid oedd yn hoffi ei droi i'w sychu; nid oedd yn hoffi ei gasglu. Ond yr oedd yn rhaid iddo ef, fel pawb arall, fynd ag un sypyn o'i wair gorau i Manannán.

'Dim ond hen sypyn bach tila o'r gwair gwaetha gaiff Manannán gen i,' grwgnachai Finn Cregeen. 'Pam ddylwn i weithio nes bod fy nghefn i'n brifo er mwyn cario bwndel o'r gwair gorau yr holl ffordd i ben Barule i fwydo gwartheg Manannán?'

Cychwynnodd ar ei daith dan gwyno, ac erbyn iddo gyrraedd hanner

y ffordd i fyny'r llwybr garw at y castell yr oedd ei ben yn llawn o feddyliau
cas. Pan gyrhaeddodd at Manannán a gollwng ei fwndel bach tila o wair
wrth ei draed, yr oedd ei galon yn llawn sbeit.

'Pam ddylwn i fod yn was i neb?' meddai Finn Cregeen wrtho'i hun.
'Mae'r holl wair da yma yn y castell, a'r nesaf peth i ddim gen i gartref.'

Cafodd Finn syniad drwg, a gwelodd ei gyfle. Pan drodd Manannán
i siarad â'i filwyr gafaelodd Finn Cregeen mewn dau sypyn o wair melyn, cryf,
a rhedeg nerth ei goesau cryfion i lawr ochr y mynydd i'w gartref ei hun.

'Welodd neb mohono fi,' meddai, a bu ond y dim iddo â gwenu.

Ond dyna lle'r oedd Finn Cregeen wedi methu. Ni welodd y milwyr
ef, roedd hynny'n ddigon gwir, ond ar yr eiliad olaf un fe drodd Manannán
ei ben a gweld Finn yn cipio'r bwndeli gorau cyn sgrialu i lawr y mynydd
a'r gwynt yn ei glustiau.

Y bore wedyn aeth Finn Cregeen i fwydo'i wartheg. Taflodd y
gwair gorau a oedd ar Ynys Manaw i'r côr, ond doedd waeth iddo heb.
Ni fwytâi'r gwartheg yr un blewyn ohono. Aeth Finn yn ôl i'r beudy amser
cinio, ond roedd popeth yno yn union yr un fath â chynt. Erbyn nos roedd
y gwartheg yn llwgu, ac yn brefu dros y wlad. Nid oedd dim i'w wneud
ond gwacáu'r côr a'i lanw eto gyda gwair o fferm Finn ei hun.

'Fory, fe gymysgaf fy ngwair i gyda'r gwair rwyf wedi'i ddwyn,' meddai

Finn Cregeen. 'Fe fyddan nhw'n siŵr o fwyta hwnnw.'

Ond pan aeth Finn i'r beudy y bore wedyn roedd arogl gwair wedi pydru yn dod allan o dan y drws. Doedd dim blewyn o'r gwair yn ffit i ddim ond ei losgi. Gwyddai Finn mai gwaith Manannán y dewin oedd hyn. Roedd wedi gweld Finn yn dwyn!

Nid oedd dim i'w wneud ond cerdded y llwybr garw i gastell Manannán unwaith eto, ac ymddiheuro iddo. Gwrandawodd Manannán ar Finn Cregeen yn dawel. Yna, meddai:

'Dyma ddyn truenus. Roedd yn rhy ddiog i dyfu gwair da, ond yn ddigon heini i redeg i lawr y mynydd yn cario dau sypyn o wair gorau Ynys Manaw dan ei gesail. Gei di faddeuant y tro hwn, Finn Cregeen, ond dyma rybudd i ti ac i holl bobl yr Eil o Man: PEIDIWCH BYTH Â DWYN NA THWYLLO!'

Bu'n aeaf caled iawn ar Finn Cregeen a'i wartheg, ond yn y gwanwyn torchodd Finn ei lewys a gweithio'n galed drwy'r haf. Pan ddaeth yn bryd mynd â rhent i Manannán doedd dim sypyn gwair yn yr Eil o Man yn well na sypynnau gwair Finn Cregeen.

Y PUM
PYSGOTWR

Un hirddydd haf aeth Finlo Cooil a'i bedwar brawd allan i bysgota. Yr oedd yr haul ar eu cefnau a'r gwylanod uwch eu pennau a'r môr yn ne'r Eil o Man yn glir fel gwydr. Roedd Finlo Cooil a'i bedwar brawd ar ben eu digon.

Buont wrthi'n brysur drwy'r dydd gyda'u rhwydau a'u rhaffau, ac yn taflu bwyd i'r gwylanod sgrechlyd. Pan ddaeth yn amser troi am adref, yn sydyn iawn fe glywodd Finlo sŵn dieithr. Roedd rhywun yn canu melodi heintus, yn llawn swyn a hudoliaeth. Nid oedd Finlo erioed yn ei fyw wedi clywed y fath ganu trist gan ddyn nac aderyn, ac yr oedd y gân newydd hon wedi cyffwrdd â'i galon.

'Dyna'r gân dlysaf a glywais i erioed,' meddai Finlo.

'Beth?' gofynnodd ei frodyr. Ni allent hwy glywed dim ond sgrechian y gwylanod, a llap-llap y tonnau yn erbyn y cwch.

'O na!' meddai ei frawd hynaf. 'Môr-forwyn! Chwibanwch, bawb, rhag iddo wrando arni. Fe fydd yn siŵr o'i hudo ati i'r môr.'

Canodd a chwibanodd y pedwar brawd nerth esgyrn eu pennau, ond dim ond eistedd ar lawr y cwch a'i lygaid yn llawn sêr a wnaeth Finlo Cooil. Dechreuodd y brodyr weiddi a chlapio'u dwylo a rhwyfo'r cwch pysgota ymhell oddi wrth y creigiau duon, ymhell o ias y gân ddolefus. Wrth ddod i olwg yr harbwr tawelodd y brodyr eu sŵn, ac ymhen dim o dro roedd Finlo a'i draed ar dir sych.

Y bore wedyn aeth y brodyr allan i bysgota. Syllodd Finlo ar y creigiau duon yn y pellter nes roedd ei lygaid yn sefyll allan o'i ben, ond welodd Finlo neb yn canu iddo. Gwrandawodd Finlo am y felodi nes bod ei glustiau yn brifo, ond chlywodd Finlo yr un nodyn. Ac felly y bu am ddyddiau, am wythnosau, a'i frodyr yn dal y pysgod i gyd ac yn siarad ag ef am y gorau rhag i'w feddwl grwydro eto at y fôr-forwyn â'r llais aur.

Gydag amser fe anghofiodd Finlo am y gân, y fôr-forwyn, a'r cwbl i gyd, ac fe gafodd lonydd gan ei frodyr i fynd allan i bysgota ar ei ben ei hun. Ar ddamwain un diwrnod fe'i cafodd ei hun unwaith eto yn pysgota o fewn tafliad carreg i'r creigiau duon. Daeth y gân felys i'w glyw. Cofiodd rywbeth am rybuddion ei frodyr a dechreuodd rwyfo am y tir mawr. Ond wrth i'r gân lanw'i feddwl, llonyddodd y rhwyfau ac ni allai Finlo wneud

dim ond syllu a gwrando.

Yno, yn eistedd ar graig ddu, lefn, yr oedd y ferch harddaf yn y byd. Yr oedd ei gwallt yn felynach na blodau'r banadl, a dwy foch goch ganddi a oedd yn dlysach na'r ffion. Chwyddodd calon Finlo, yr oedd yn ei charu gymaint.

'Hoffet ti fynd am dro yn fy nghwch pysgota i?' gofynnodd Finlo iddi.

'Mae ynys allan yn y môr, ac fe hoffwn i fynd draw yno yn fwy na dim yn y byd,' meddai'r fôr-forwyn.

'Welais i erioed ynys yno,' dechreuodd Finlo, ond canodd y fôr-forwyn ei chân cyn i Finlo fedru gorffen esbonio. Heb ddweud gair arall o'i ben, rhwyfodd Finlo allan i'r môr.

Canodd y fôr-forwyn ddydd a nos, nos a dydd, ac fe rwyfodd Finlo ei gwch ymhellach, ymhellach i'r môr bob munud. Yr oedd wedi ei gyfareddu gan wên y ferch harddaf yn y byd i gyd a'i melodi fwyn, wylofus.

Wedi taith hir, daethant i harbwr yr ynys bell. Cododd Finlo Cooil y fôr-forwyn yn ei freichiau a'i chario dros yr ynys i gastell hardd, disglair yng nghwr eithaf y deyrnas. Yn y castell yr oedd ystafell olau yn llawn o ferched a'u gwallt yn diferu gan flodau, eu mentyll sidan o liw glas y môr, a chregyn a chwrel yn fwclis o amgylch eu gwddf. Canai a gwenai pob un yn hudolus.

Mewn cornel arall yr oedd clwstwr o hen ddynion, eu dillad yn rhacs a'u barfau yn glymau i gyd. Gwichiai brest pob un fel petai dŵr môr wedi mynd i'w bibell wynt.

'Rho fi i eistedd ar y gragen fawr yna, Finlo,' meddai'r fôr-forwyn. 'Mae lle i ni'n dau arni. Fe gawn ni ddiod hud gyda'n gilydd ar ôl teithio mor bell.' Gwenodd yn hudolus ar Finlo.

'Paid ag yfed diferyn, Finlo, 'machgen i,' meddai llais rhinclyd yn ei glust, 'neu fe fyddi di'n crwydro'r castell yma am byth bythoedd fel fi a'm ffrindiau. Mae gen i wraig a phlant yn yr Eil o Man, ond cha i byth mo'u gweld nhw eto. Paid ag yfed diferyn, Finlo bach.'

Clywodd y fôr-forwyn lais yr hen ŵr blêr yng nghlust Finlo, ac yr oedd yn ddig wrtho. Pan welodd Finlo ei bod wedi gwylltio, fe dorrwyd yr hud. Cofiodd Finlo yn sydyn am ei frodyr gartref a lluchiodd y ddiod hud i'r llawr. Neidiodd oddi ar y gragen fawr a rhedodd allan o'r castell gan weiddi enwau ei frodyr yr holl ffordd i lawr at yr harbwr. Siom! Nid oedd ei gwch yno! Plymiodd i'r tonnau oer a nofiodd am ei fywyd ymhell allan i'r môr mawr. Nofiodd a chafodd ei chwythu gan y gwynt bob yn ail nes cyrraedd, un diwrnod, yr Eil o Man.

Pan lusgodd ei hun i fyny'r traeth yr oedd yn edrych fel hen, hen ŵr. A'r haul yn gynnes ar ei gefn a'r gwylanod yn sgrechian am fwyd, gwelodd ei lun yn y môr gwydr a dychrynodd am ei fywyd. Ond o hynny hyd heddiw bu'r sêr yn dal i befrio yn llygaid Finlo Cooil, ac os ewch chi byth i'r Eil o Man efallai y gwelwch chi ef yn eistedd ar y traeth yn syllu ymhell i'r môr ac yn gwrando am gân y fôr-forwyn. Ond cofiwch, os clywch chi hi, peidiwch byth â'i dilyn.

CERNYW

CEWRI TREEN

Yn yr hen ddyddiau roedd teulu o gewri caredig yn byw yn Treen. Er eu bod yn garedig yr oeddynt, fel mae cewri, ychydig yn od. Eu gwaith oedd amddiffyn y bobl gyffredin pe deuai rhywun i ymosod arnynt. Yr oeddynt hefyd i fod i wneud yn siŵr fod ganddynt blant a fyddai'n tyfu'n gewri mawr rhyw ddiwrnod ac yn ymladd gelynion pobl Treen pan fyddai'r hen gewri yn marw. Ar adeg o heddwch, felly, nid oedd gan gewri Treen ddim byd i'w wneud.

Dau gawr a oedd yn Treen yn y cyfnod hwn, sef Mr Cawr a Mrs Cawres. Am nad oedd gan Mrs Cawres ddigon i'w wneud roedd hi'n plagio Mr Cawr o fore gwyn tan nos, ac am nad oedd gan Mr Cawr ddigon i'w wneud roedd yn mynd yn dew a diog.

'Yr hen bwdryn da-i-ddim! Dos i ysgwyd y creigiau am awr neu ddwy cyn cinio. Fe ddylai hynny gael y gwaed i redeg ynghynt drwy dy

wythiennau di!' I lawr â Mr Cawr at y creigiau uchel, a'u hysgwyd yn hawdd gyda phen ei fys. Dim ond deg troedfedd ar hugain oedd y graig fwyaf, a Mr Cawr yn ddeugain troedfedd yn nhraed ei sanau.

Ar ôl cinio dywedai Mrs Cawres, 'Y lembo! Nofia filltir neu ddwy allan i'r môr i nôl llyswennod i mi. Rwyf angen eu braster i wneud cacen i de.' Draw â Mr Cawr i bellafoedd y môr i ddal y llyswennod llithrig, du a'u cludo'n ôl cyn tri o'r gloch. Yna, eisteddai yn ei hoff gadair i lawr ar y traeth i aros amser te. Weithiau byddai'n cysgu fel mochyn, nes i Mrs Cawres ddod i luchio cerrig ato i'w ddeffro.

'Y cysgadur di-lun!' gwaeddai dan hyrddio creigiau siarp at Mr Cawr. Deffrai hwnnw gyda chur yn ei ben, heb fawr o awydd cacen lyswennod i de.

'Dyna'r wraig fwyaf cwerylgar a welais i erioed,' meddai Mr Cawr wrtho'i hun. Ond yn ddistaw bach yr oedd yn teimlo i'r byw dros Mrs Cawres. Eisiau babi yr oedd hi, a doedd ganddi hi'r un.

'Pam na wnei di ddwyn un o fabis cawr Maen?' gofynnodd un o ddynion doeth Treen i Mr Cawr un bore braf ym mis Mai. 'Mae ganddo gymaint o blant wnaiff neb weld colli un babi bach. Neu beth am un o'r plant hŷn? Fe wnaiff un o'r rheini yn iawn.'

'Syniad campus!' meddai Mrs Cawres. 'Cyn bo hir fe fydd gen i fabi gorau'r byd i'w fagu. Fe gaiff y lleban gŵr yna sydd gen i gosi ei fol a sychu ei drwyn, ac fe gaf innau eistedd allan a'i siglo i gysgu yn haul y pnawn. Mi fydd y tŷ yn siang-di-fang a finnau â llond gwlad o bethau i'w gwneud. Campus!'

Dewiswyd hen wrach Treen i fynd i ddwyn y babi. I ffwrdd â hi ddiwedd y pnawn i gyfeiriad Maen. Ychydig cyn machlud haul fe welodd ddau neu dri o blant i ddynion ac un plentyn i gawr yn cerdded gyda'i gilydd tuag adref. Tua phedair oed oedd plentyn y cawr. Siort orau!

'Hoffech chi weld y botymau tlws yma sydd gen i?' holodd y wrach i'r plant. Chwarae bòb yr oedd y plant, a botymau'r wrach i'r dim ar gyfer y gêm. Cymerodd plentyn y cawr lond ei ddwylo o fotymau disglair.

'Ar fy ffordd i Cowloe i gasglu gwichiaid a llygaid meheryn ydw i,' meddai'r wrach. 'Hoffech chi ddod hefyd?'

'Diolch yn fawr i chi, hen wraig,' meddai plant y dynion, 'ond mae'n rhaid i ni fynd adref cyn iddi dywyllu neu fe gawn ni chwip ar ein pen-ôl gan dad a'n hanfon i'r gwely heb swper.'

'Cha i ddim chwip, hen wraig. Fe ddo i gyda chi,' meddai'r cawr bach.

'I ffwrdd â ni, 'machgen i,' meddai'r wrach gan afael yn ei law a'i arwain linc-di-lonc ar hyd y llwybr. Pan oedd y plentyn wedi blino cerdded, trodd y wrach yn geffyl, a throtian gyda'r bychan ar ei chefn am filltir neu ddwy iddo gael ei wynt ato. Ymlaen eto law yn llaw, lincyn-loncyn, bob cam i Treen.

Pan gyrhaeddodd y plentyn ei gartref newydd roedd ei fam newydd mor hapus â'r gog. Rhuthrai Mrs Cawres at y gwely yn y graig pan glywai sŵn crio, a chanai gân y gallech ei chlywed yn yr Alban. Drwy'r haf âi Mr Cawr â'r plentyn i bysgota-môr. Weithiau âi Mr Cawr ag ef i nofio. Dro arall byddai Mr Cawr yn nofio a'r bychan yn sefyll ar ei gefn (gan ddal yn dynn yng ngwallt Mr Cawr rhag ofn iddo syrthio) i edrych ar y bilidowcars.

Aeth haf yn aeaf a gaeaf yn haf a chyn bo hir roedd yr un bach wedi tyfu'n blentyn mawr tal, mor dal â Mr Cawr. Bob blwyddyn yr oedd Mrs Cawres yn ei garu ychydig bach yn fwy, a phob blwyddyn yr oedd calon y cawr bach yn curo ychydig yn gyflymach bob tro y gwelai ei fam. Yr oedd Mrs Cawres a'r cawr bach yn ffrindiau agos iawn. Châi Mr Cawr ddim chwarae gêmau gyda nhw rŵan; yn wir roedd mor amlwg â'r dydd fod Mrs Cawres wedi hen flino ar ei gŵr. Yr oedd Mrs Cawres yn biwis a phigog

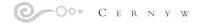

gydag ef eto, ac yn llym iawn ei thafod fel o'r blaen.

Un diwrnod oer yn y gaeaf, a'r gwyntoedd yn fain a garw ar lannau Cernyw, aeth Mr Cawr i'r dref i brynu bwyd. 'Dewch chi'ch dau i gyfarfod â mi mewn awr,' meddai Mr Cawr, 'i roi help llaw i mi i gario'r bwyd yma adref.'

Prynodd Mr Cawr bum buwch, chwe sachaid o flawd, saith galwyn o lefrith, wyth fflagon o fêl, naw costrelaid o fenyn, a deg cwdyn o datws i swper. Tra oedd yn y dref fe welodd Mr Cawr dipyn o bawb. Fe welodd yr ysgolfeistr, fe ddywedodd air wrth y meddyg, fe gododd ei law ar y ffermwyr yn y farchnad, ond welodd o ddim golwg o Mrs Cawres na'r cawr bach. Cariodd ei negesau i gyd ar ei gefn nes oedd yn rhochian gan boen yn ei asennau. Ble oedd Mrs Cawres a'r cawr bach?

Roedd y rheini wedi glân anghofio popeth am Mr Cawr a'i swper. Ond buan y cofiodd y ddau amdano pan glywsant ef, tua chwarter milltir i ffwrdd, yn gweiddi a bygwth. Yr oedd Mrs Cawres wedi troi'r drol y tro hwn. Byddai Mr Cawr yn siŵr o ddial arni.

'Does dim i'w wneud ond ymladd,' meddyliodd Mrs Cawres. Safodd yn y cysgodion i aros am ei gŵr, wedi torchi'i llewys ac yn dangos ei dyrnau a'i dannedd. Wrth i Mr Cawr droi'r gornel, rhoddodd Mrs Cawres un iddo rhwng ei ddau lygad, nes aeth Mr Cawr a'i swper yn seitan dros y dibyn.

Taflodd Mrs Cawres ei ffedog
dros ei phen rhag iddi glywed
griddfan dychrynllyd ei gŵr
wrth iddo farw. Er bod penglog
y cawr yn benglog caled iawn,
fe chwalodd yn deilchion ar y
creigiau. Ond cyn i Mr Cawr
farw gofynnodd i'r pwerau droi
ei wraig yn garreg yn y fan a'r
lle. Ac felly y bu. Carreg fawr
ddu yw Mrs Cawres hyd heddiw.

YSBRYD STITHIANS

Yn yr hen amser, pan oedd straeon bwganod yn wir, yr oedd gwraig fach chwimwth o'r enw Jenny Hendy yn byw ar ei phen ei hun mewn tŷ to gwellt ym mhlwyf Stithians yng Nghernyw. Yr oedd ganddi ddigon o arian i gael tŷ cyfforddus gyda gardd a pherllan, a digon o dir i gadw defaid a moch, buwch a dwsin o ieir. Doedd ganddi hi ddim gŵr na phlant, ond yn anffodus yr oedd ganddi gefnder fan yma a chyfnither fan draw a oedd yn ddigon parod i ddweud wrthi sut i wario'i chelc.

'Fyddwch chi ddim byw am byth,' medden nhw wrthi.

'Peidiwch chi â phoeni am hynny,' meddai'r wraig fach dwt wrthyn nhw bob tro. 'Does dim brys arnaf i newid byd.' Wedyn byddai ei holl berthnasau hyd y nawfed ach yn troi eu llygaid i'r nefoedd ac yn ysgwyd eu pennau mewn anobaith.

Cyn hir daeth Jenny Hendy yn gyfeillgar â gŵr ifanc a oedd yn gweithio ar y fferm drws nesaf. Robin oedd ei enw, a phob dydd ar ôl gorffen ei waith ar y fferm byddai'n mynd at Jenny Hendy i roi help llaw iddi. Ar ddiwedd pob wythnos rhoddai Robin ei gelc i Jenny Hendy i edrych ar ei ôl. Dywedodd hithau y rhoddai ragor ato, o'i harian ei hun, pan ddeuai Robin â merch fach deidi adre'n wraig.

Un nos Sadwrn daeth Robin â'i gyflog sbâr i Jenny Hendy a'i chael yn eistedd yn farw gelain yn ei chadair wrth fwrdd y gegin. Hawyr bach! Aeth Robin ac un o'r cymdogion drwy bob twll a chornel i chwilio am arian Robin a chelc yr hen wraig. Doedd dim ceiniog yn unman – dim hyd yn oed ddigon i dalu am ei chladdu. Talodd Robin am yr angladd o'i boced ei hun, ac ni chlywyd sôn am na chefnder na chyfnither i'r wraig fach chwimwth y diwrnod hwnnw.

Gwyddai pawb fod Jenny Hendy wedi addo'i chartref i Robin pan fyddai hi farw, ac felly fe symudodd Robin i'r tŷ cyfforddus gyda gardd a pherllan, i fagu'r moch a thendio'r stoc. Gwyddai pobl y pentref hefyd am ffordd o ddod o hyd i'r arian a oedd ar goll – gofyn i wraig hysbys Helston am gymorth.

'Dwy bunt,' meddai Tami'r wraig hysbys. Wedi taro bargen, ac ar ôl iddi dywyllu, i ffwrdd â Robin i gyfeiriad eglwys y plwyf i gwrdd â Tami.

Er ei bod yn noson dywyll yr oedd Robin yn wyn fel y galchen. Prebliai'r wraig yn ddi-baid ond pan ofynnodd Robin iddi beth oedd hi'n ei ddweud, meddai wrtho: 'Taw, wnei di? Rwy'n siarad â'r ysbrydion sy'n fy helpu i.' Trodd ato'n sydyn a chydio'n ei fraich. 'Dwyt ti ddim ofn, wyt ti?'

Erbyn cyrraedd llidiart yr eglwys roedd Robin yn crynu. A'i llaw ar y llidiart, meddai Tami, 'Un swig o hwn cyn dechrau ar y gwaith mawr,' a jochiodd frandi nes bod ei phen yn troi.

Ymlaen â hi drwy'r glwyd a Robin wrth ei sodlau. 'Paid â bod ofn, dim hyd yn oed y gŵr drwg ei hun. Clyma hances dros dy lygaid a weli di ddim golwg ohono fo na'i weision hyll. Mae eu llygaid nhw fel soseri o dân a'u cyrn yn ddigon siarp i dorri brechdan. Ond dwyt ti ddim ofn, wyt ti?'

'Does dim ofn tân na brechdanau arna i,' meddai Robin a'i ddannedd yn clecian.

'Mae'r fynwent yma'n llawn ysbrydion, cofia. Weli di res ohonyn nhw ar yr eglwys, yn eistedd ar grib y to? Ond mi awn ni at fedd Jenny Hendy rŵan, a chodi ei hysbryd hithau o'r bedd.'

Griddfanodd rhywbeth y tu ôl i'r garreg fedd. Roedd gwallt Robin yn sefyll ar ei ben fel baner ac yn siglo gan ofn. 'Dw i eisiau mynd adre! Gei di gadw'r arian, ond fedra i ddim goddef rhagor.' Rhoddodd Robin y ddwybunt yn ei bysedd hir, esgyrnog ac fel fflach roedd allan drwy'r llidiart.

Wedi hynny, roedd Robin ofn bod yn y tŷ cyfforddus ar ei ben ei hun. Pan âi allan i'r caeau i weithio yn y bore yr oedd yn well ganddo fynd heb ginio na mynd adref i'w goginio. Un diwrnod, wrth ddod adref ar ddiwedd ei ddiwrnod gwaith, fe welai Jenny Hendy yn sefyll wrth ddrws y tŷ a chap llongwr am ei phen. Dim ond cysgod o'r dyn a fu oedd Robin ac yr oedd wedi dychryn mor ofnadwy, prin y medrai anadlu.

'Sut wyt ti, Robin? Meddwl rhoi tro amdanat ti gan fod y cwch wedi docio yn Falmouth. Ga i aros acw heno?'

'Hawyr bach! Jac, fy nghefnder! Ti sydd yna! Yn ôl o'r môr!' Fu Robin erioed mor falch o'i gwmni. Cyn hir roedd wedi dweud ei stori i gyd wrtho yng nghysgod y simnai fawr.

'Tami'r wraig hysbys, ai e? Mae gen i flys mynd i'w gweld hi nos fory i ofyn iddi godi Jenny Hendy o'i bedd,' meddai Jac.

Felly fe aeth y ddau ar ôl swper cynnar drannoeth i Helston i weld Tami'r wraig hysbys. Cytunwyd y byddai'n codi'r ysbryd am ddwybunt, ac ar ôl i'r haul fachlud i ffwrdd â hwy at lidiart yr eglwys.

'Y gŵr drwg a'i ellyllon sy'n gwneud y randi-bŵ yna?' holodd Jac.

'Yn siŵr i ti,' meddai Tami, 'ond paid â bod ofn, mi edrycha i ar d'ôl di.'

Distawodd y sŵn yn
sydyn ac aeth popeth mor
dawel â'r bedd. Tynnodd
Tami gylch o gwmpas Jac a
dweud wrtho am gadw y tu
mewn i'r cylch neu fe
fyddai'r ysbrydion yn ei
gipio. Cododd Tami ei
phastwn hud ac adrodd
rhyw rwdl-mi-ri digon
hir i ddychryn y cathod.

Gwaeddodd ar ysbryd Jenny Hendy i godi o'i bedd.

Griddfanodd rhywbeth y tu ôl i'r garreg fedd, a chododd siâp gwyn ohoni. Cerddodd yn araf tuag atynt dan gwyno'n uchel. Cododd gwallt pen Jac a chrynu yn awel y nos. Daeth y siâp gwyn yn nes a gofyn i Jac pam roedd wedi ei godi o'r bedd ar noson rewllyd. 'Fe wna i dy blagio di bob nos o dy fywyd am hyn,' meddai'r ysbryd mewn llais bloesg, ac estyn ei fysedd main at wddf y llongwr.

Rhoddodd Jac ergyd galed iddo yn ei drwyn, nes roedd yr ysbryd yn llipryn ar y llawr. Doedd Jac mo'i ofn o gwbl – a hwnnw'n drewi o faco a jin! Jemi, gŵr meddw Tami, oedd yr ysbryd!

'Y twyllwyr!' meddai Jac. 'Fe dorraf i bob asgwrn yn eich corff chi'ch dau os na rowch chi arian Robin yn ôl iddo ar unwaith.'

'Paid!' meddai Tami. 'Dim ond tipyn o ddireidi oedd y cwbl – Jemi yn taro caead sosbenni ac yn gwisgo fel ysbryd. Chafodd neb niwed ac fe gei di'r arian yn ôl cyn i'r wawr dorri bore fory.'

Ddylai neb dwyllo'i gymdogion fel yna, ond fe ddaeth rhyw dda o'r cwbl. Aeth y stori ar led fod Tami'r wraig hysbys wedi codi ysbryd Jenny Hendy a'i bod am ddweud pwy oedd wedi dwyn ei harian. Yn waeth, oni bai fod y cwbl o'r arian yn cael ei ddychwelyd o fewn mis o amser, byddai'n dallu'r lladron yn eu llygaid chwith. Ymhen dim o dro, fe ddaeth Robin o hyd i becynnau o arian wedi eu taflu i'r beudy, ac un neu ddau yng nghwt yr ieir hefyd, ond welwyd dim un cefnder na dim un gyfnither i'r hen wraig fach chwimwth yn agos i'r tŷ byth wedyn.

Un noson, cododd yn storm fawr, a chwythwyd y to gwellt oddi ar ddarn o'r tŷ. Wedi'i wthio ymhell i dwll yn nhalcen y tŷ yr oedd ewyllys y wraig fach chwimwth. Roedd yn gadael y cyfan i Robin. Cyn hir daeth gwraig fach chwimwth arall i fyw gyda Robin yn y tŷ cyfforddus gyda gardd a pherllan. Bu'r ddau byw yn hapus am hir iawn wedi i Jac ffarwelio â nhw a hwylio o Falmouth, allan ymhell i ben draw'r byd.

Ynys Manaw

'Does dim un o'ch marchogion chi yr hoffwn i ei briodi,' meddai Janet. 'Rwy'n caru Tam Lin.'

Ni allai'r iarll gredu ei glustiau ei hun.

'Un o'r tylwyth teg! Ond wyddost ti ddim beth wyt ti'n ei ddweud!'

'Mi wn i'n iawn fy mod i'n caru Tam Lin sydd â'r ceffyl gwyn a'r cyfrwy aur harddaf yn y byd,' meddai Janet. Cyn i'w thad ddweud dim rhagor fe redodd Janet yn ôl yr holl ffordd i Caterhaugh. Cipiodd rosyn o'r llwyn, ac ymddangosodd Tam Lin o'i blaen fel cynt.

'Wyt ti, Tam Lin, yn un o'r tylwyth teg? Dywed galon y gwir,' meddai Janet.

'Fy nhaid i yw Iarll Roxburgh,' meddai Tam Lin. 'Un diwrnod wrth imi fynd adref ar ôl bod yn hela fe syrthiais oddi ar fy ngheffyl i mewn i un o gylchoedd y tylwyth teg. Cododd Brenhines y Tylwyth Teg fi a mynd â mi i'w chastell i fod yn un o'i marchogion.'

'Fedri di ddod yn ôl i fyw ar dir Caterhaugh?'

'Dim ond ti all fy rhyddhau i, Janet. Heno mae'n Nos Calan Gaeaf ac mae'r tylwyth teg yn gorymdeithio. Tyrd yma at y ffynnon erbyn hanner nos a phan weli di'r orymdaith yn dod, y frenhines ar y blaen ac wedyn ei marchogion yn ei dilyn, gad i'r marchog du fynd heibio, a gad i'r ail farchog fynd heibio, ond rhed at y march gwyn sy'n ei ddilyn. Fi fydd ar ei gefn.

Tyn fi atat a phaid â gollwng dy afael.'

'Mi wna i bopeth rwyt ti'n ei ddweud, Tam Lin.'

'Cymer ofal mawr. Fydd y tylwyth teg ddim yn ildio ar chwarae
bach. Rwy'n siŵr o gael fy nhroi yn gant a mil o wahanol bethau yn dy
law, ond beth bynnag a ddigwydd, paid â gollwng gafael. Pan gaf fi fy nhroi
yn golsyn poeth, tafla fi i'r ffynnon a byddaf yn ddyn, o'r diwedd. Tafla
glogyn drosof fi a bydd popeth yn iawn.'

Aeth Janet yn ôl i'r castell ac aros yno tan nos. Ychydig cyn hanner
nos cododd o'i gwely a thynnu ei mantell yn dynn amdani. Yr oedd y llwybr
mor gyfarwydd iddi â chefn ei llaw erbyn hyn, ac er gwaetha'r ffaith fod y
tywyllwch yn drwm dros bobman, camodd yn sionc heibio i'r fuwch ddu,
y grug tywyll, y lampau eithin a oedd wedi diffodd ar fachlud haul, ac yn ei
blaen â hi bob cam at y ffynnon. Yr oedd y dŵr yn oer fel gwaed ei chalon.
Nid oedd Janet wedi bod mor ofnus â hyn erioed. Ymladd â'r tylwyth teg
am ei chariad! Beth ddaeth dros ei phen?

Dacw nhw'n dod, a mwng eu ceffylau yn glychau bach aur yn tincial
am y gorau. Aeth y frenhines heibio iddi. Aeth y march du heibio iddi, a'r
ail farchog. Y march gwyn! Neidiodd at y marchog a'i dynnu i lawr ati. Yr
oedd yn ddiogel yn ei breichiau. Ond yn y fan, newidiodd y marchog yn
fadfall fach chwim a oedd yn gwibio rhwng ei bysedd. Gafaelodd yn ei

phen a'i gwasgu'n dynn. Newidiodd y fadfall yn sarff hir, gordeddog a oedd yn mynd i'w mygu, ond anwesodd Janet hi fel petai'n mwytho Tam Lin ei hun. Trodd y neidr yn arth flewog, sarrug gydag ewinedd a oedd yn cripio croen Janet oddi ar ei braich. Daliodd ei gafael yn y blew trwchus nes i'r arth droi'n llew rheibus gyda chrafangau cas. Cydiodd Janet yn ei fwng a'i glustiau a dal ei thir. Ar amrantiad trodd y llew yn far o haearn gwynias yn ei llaw a bu ond y dim iddi â'i daflu i'r dŵr. Ond daliodd yn dynn. Pan oedd bron ag ildio gan boen newidiodd y bar haearn yn golsyn byw, tanllyd, a lluchiodd Janet ef â'i holl nerth i ddŵr oer y ffynnon.

Yr oedd y tylwyth teg yn gandryll. Chwyrlïent o'i chwmpas, a gwingent o gylch ei phen gan riddfan yn floesg a sgrechian yn ffiaidd ar bob cwr iddi. Dringodd Tam Lin i fyny o'r ffynnon yn noeth fel babi. Taflodd Janet ei mantell drosto a syrthiodd Tam Lin i'w breichiau. Tawelodd y tylwyth teg ar unwaith. Dim ond y frenhines oedd â nerth i siarad.

'Ti enillodd Tam Lin. Rwyt ti wedi ennill marchog gorau'r byd yn ŵr iti.' Ar hynny rhoddodd y frenhines un sgrech wyllt, ddialgar cyn diflannu gyda'i gosgordd i'r tywyllwch.

Yno y bu Tam Lin a Janet am amser hir yng nghysgod y ffynnon a'r llwyni rhosod, yn dal dwylo a chusanu fel y bydd cariadon ddim-mor-newydd-â-hynny.